戸渡阿見　絵本シリーズ

ある愛(あい)のかたち

作 ● 戸渡阿見(ととあみ)

絵 ● いとうのぶや

太陽がまぶしい。そこで部屋に戻り、トイレに行った。まぶしかった太陽を思い浮かべていると、ツルツルと気持ち良くうんこが出た。

卵を産んだ雌ジャケの周りを、雄ジャケが泳いで白い液をかけるように、黄色いオシッコがあとを追って勢い良く出た。

そこから、愛(あい)の物語(ものがたり)が始(はじ)まった。

シャケが産卵にくる北海道空知川のような、冷たく清らかな水が便器に流れるまで、うんことシッコとの、仲むつまじき会話が広がる。

それは、束の間の愛の営みだった。

うんこ「おれは、健一のうんこだ。
この男臭さが、おれの男としての誇りだ。
どうだ、気に入ったか」

おしっこ「ええ。気に入ったわ。
とっても男らしいわ。
このたまらない男臭さに、今私はうっとりしているのよ。
私は健一のオシッコよ。
一人の人間から出て来た、あなたと私。
従兄弟同士の恋愛のように、何か濃い縁と同族の血を感じるわ」

うんこ「おれもだ。お前が、女らしい微かな匂いを漂わせ、おれの身体にぶつかった時、あっ、こいつは他人じゃない、おれの同族だと瞬間に感じたよ」

おしっこ「わたしもよ」

うんこ「バシャバシャとおれの身体を浸食する、お前の激しい体当たりに、おれは今まで感じたことのない、そう、幼なじみのなつかしさを感じた」

おしっこ「私(わたし)はもっと、大人(おとな)の愛(あい)を感(かん)じたわ。
だって、あなたは神様(かみさま)ですもの」

うんこ「そ、そのことは秘密にしていたのに。なぜわかった？」
おしっこ「だって、私も同じ健一から出て来たのだから、
それぐらい、直感でわかるわよ」

うんこ「そのことは、誰にも言うなよ。
お前は、健一の血液の化身だし、
健一の身体の水分を濾過したものだ。
海で漂流し、何日間も飲まず食わずでも、
お前を飲めば、何とか健一は生きられる。
そして、朝一番のお前を飲めば、
健一は強力な免疫力を持つことができる。
だから、お前は女神のような存在だ。

その点、おれは健一が食べたラーメンのカスだ。
おれを食べても、生き延びられない。
それどころか、大腸菌のために、逆に病気になってしまう。
だから、世界中のおれの仲間は、強烈に臭いんだ。
これがもし、薔薇や百合のような匂いなら、または無臭なら、
世界中どうなると思う?」

おしっこ「そりゃ……、世界中の子供達が、喜んでバクバク食べるでしょうね」

うんこ「子供だけじゃない。霞のかかった老人も、バクバク食べるだろう。だから、おれは神命によって臭いのだ。皆が嫌だと思えるように、なるべく嫌な匂いになるよう、神が特別な匂いをブレンドし、わざわざおれに与えたのだ。つまり、このおれの強烈でいやな匂いは、神の人類に対する愛なのだ」

おしっこ「そこが、私の惹かれるところよ。あなたの自己犠牲を厭わぬ男らしさ、素晴らしいわ。皆の嫌われ者になっても、皆に『おれを食うな、食べると病気になるぞ』ということを、ありったけの臭さで表現しているのですもの。これ以上男らしい生き方はないわ。

そして、皆に嫌われ、忌避されながらも、畑に撒けばあなたは最高の肥料の神様。穀物を豊かに成らせ、大地を太らせる神。
その名は、埴安彦様」
うんこ「しーっ。その名を明かすでない」

おしっこ「いいえ。もう黙ってられないわ。
あなたの偉大さ、尊さ、その男らしい潔さ。
私が、長年探し求めた男の中の男、
人に住む義心あふれる男神様。
その義の心によって、
あえて憎まれる匂いを発し、人類を病気から守り、
食物を確保するために畑の肥やしとなる神様。
私は、あなたと生涯を共にしたい。
この命、あなたとなら、いつ果てても惜しくないわ」

うんこ「そういうお前は、弥都波能売神(みつはのめのかみ)だな」

おしっこ「最後まで、その名は隠しておいたのに……」
うんこ「お互い、本当の名を知った以上、もう他人ではない。
許婚同士だ」

おしっこ「私の、最初の直感通りの結果になったわ」

うんこ「うん？ 最初の直感？」

おしっこ「あなたが、大地の神となって生涯を終えるからこそ、大地の母神金勝要の神が、トイレの神様になられていること。そして、あなたと私の共通の色は、茶色と黄色。つまり、黄金色の系統よ。

だから、金勝要の神は黄金をもたらし、人に金運を与えるのよ。そんな神様が住む所だからこそ、トイレを掃除すると、女性が美人になるのだわ」

うんこ「それが、お前の最初の直感かい？」

おしっこ「いいえ。違うわ……」

うんこ「じゃ、なんだい？」
おしっこ「あなたこそが、私の許婚。私が、最初で最後の契りを結ぶ方。という直感よ」
うんこ「なんだ。それじゃ、おれの直感と全く同じじゃないか」
おしっこ「えっ……。そんな……」
うんこ「なんだかおれ、恥ずかしいなあ……」

しばらく沈黙が続いた後、
二神は絡み合い、溶け合い、
できたてのカレーのようになった。

その時、健一は水洗のレバーを回した。
ドジャーンという音と共に、
空知川の清流のような水が流れ、
愛の営みカレーを、跡形もなく流し去った。

シャーシャーと流れる音が続く中、
雪のように白いTOTO便器には、
二神の愛の息遣いが残る。
そこに、大地の母神金勝要之神の、
金色の笑顔が浮かんだ。

── 註釈 ──

◆埴安彦(はにやすひこ)：伊邪那美(イザナミ)の神の糞から生まれた神。工芸の神であり、糞から生まれたため肥料(ひりょう)の神でもある。榛名神社(はるなじんじゃ)などの祭神(さいじん)になっている。

◆弥都波能売神(みつはのめのかみ)：伊邪那美(イザナミ)の神の尿(にょう)から生まれた、水の神。灌漑用水(かんがいようすい)の神、井戸(いど)の神として信仰(しんこう)され、祈雨(きう)、止雨(しう)の神徳(しんとく)があるとされる。

戸渡　阿見（とと　あみ）プロフィール

　兵庫県西宮市出身。本名半田晴久。1951年生まれ。同志社大学経済学部卒業。武蔵野音楽大学特修科（マスタークラス）声楽専攻卒業。西オーストラリア州立エディスコーエン大学芸術学部大学院修了。創造芸術学修士（MA）。中国国立清華大学美術学院美術学学科博士課程修了。文学博士（Ph.D）。中国国立浙江大学大学院中文学部博士課程修了。文学博士（Ph.D）。カンボジア大学総長、人間科学部教授。中国国立浙江工商大学日本言語文化学院教授。その他、英国、中国の大学で、客員教授として教鞭をとる。現代俳句協会会員。社団法人日本ペンクラブ会員。小説は、短篇集「蜥蜴」、「バッタに抱かれて」。詩集は「明日になれば」などがある。小説家・長谷川幸延は、親戚にあたる。
戸渡阿見公式サイト　　http://www.totoami.jp/　　　　　　　　(08.02.21)

いとうのぶや（伊東　宣哉）プロフィール

1956年	京都府生まれ
1976年	「ITU青少年作品コンクール」国際賞第1位
	同年武蔵野美術大学造形学部基礎デザイン学科入学
1990年	日本オリンピック委員会キャラクターデザインコンテスト優秀賞
2000年	旧郵政省主催　「21世紀の年賀状額印面デザインコンクール」優秀賞
2002年	文化庁メディア芸術祭にてデジタルアート［ノンインタラクティブ部門・CG静止画］審査委員会推薦作品に選出
2004年	タイ王国大阪総領事館主催「ディスカバリング・タイランド」絵画コンテスト審査員
2006年	9月　ギャラリー80にて「伊東宣哉／葉月慧2人展　流れる花と揺れる人展」開催
	11月　日本の鬼の交流博物館にて「流れる花展」開催
	日本児童出版美術家連盟会員

戸渡阿見 絵本シリーズ　ある愛のかたち

2008年3月18日　　　初版第1刷発行
2008年4月15日　　　　　第2刷発行

作　───　戸渡阿見
絵　───　いとうのぶや
発行人　──　笹　節子
発行所　──　株式会社　たちばな出版
　　　　　　〒167-0053　東京都杉並区西荻南2-20-9　たちばな出版ビル
　　　　　　TEL　03-5941-2341（代）
　　　　　　FAX　03-5941-2348
　　　　　　ホームページ　http://www.tachibana-inc.co.jp/

デザイン　──　環境デザイン研究所
印刷・製本　──　共同印刷株式会社

ISBN978-4-8133-2165-1
©Ami Toto & Nobuya Ito 2008, Printed in Japan
落丁本、乱丁本はお取り替えいたします。

素敵な絵本になりました。

戸渡阿見 絵本シリーズ

『雨』

作●戸渡阿見　絵●ゆめのまこ
B5変型判・上製本／本文56ページ　　定価：1,050円

迫力があって男らしく、集中豪雨でニュースにもなる"どしゃ降り"さんと、ロマンチックな文学に登場したり、食べ物にたとえられたりする"春雨"さん。お互いをうらやましがる二人が仲良く語らっているところに、突然乱入してきたのは……。琵琶湖を舞台に、表情豊かな雨たちが繰り広げる、詩情あふれる物語。

『チーズ』

作●戸渡阿見　絵●ゆめのまこ
B5変型判・上製本／本文72ページ　　定価：1,050円

少年が、『十勝』と書いてあるチーズを食べようとすると、チーズから赤い液体がにじみ出た。
驚く少年の前に、黒髪の怪物が現れる。その正体とは？
チーズから血が出たわけは。少年の運命は……？
摩訶不思議な戸渡阿見ワールドを、存分にご堪能ください。

『てんとう虫』

作●戸渡阿見　絵●いとうのぶや
B5変型判・上製本／本文24ページ　　定価：840円

琵琶湖畔の小枝に止まっていたてんとう虫は、聞こえてきた音楽につられて踊り出す。「いったい、この音楽はなんという曲かな」。その音楽は、てんとう虫を喜ばせ、呼び寄せる魔力がある音楽だった。楽しそうに踊る仲間の中で、雌のてんとう虫と出会った彼は……。
湖面を流れる風を感じる、爽快な作品です。

戸渡阿見の短篇小説が

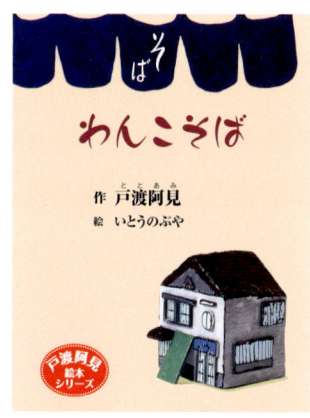

『わんこそば』

作●戸渡阿見　絵●いとうのぶや
B5変型判・上製本／本文24ページ　　定価：840円

盛岡駅に車を停めて、わんこそばのお店に入った"ぼく"。
お店のお姉さんが出してくれた漆塗りのお椀の蓋を開けると、
お椀の底に、金泥で描かれた犬の顔があった！
怖くなって蓋を閉めた"ぼく"が、もう一度蓋を開けると……。
戸渡阿見が綴る、軽妙洒脱な世界。

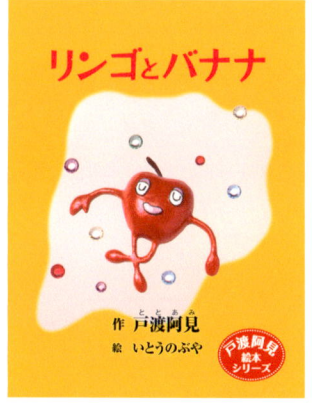

『リンゴとバナナ』

作●戸渡阿見　絵●いとうのぶや
B5変型判・上製本／本文20ページ　　定価：840円

バナナ「足がこむら返りになると、おぼれるぞ」
リンゴ「そんなバナナことにはならんよーだ」
プールを舞台に、リンゴとバナナが繰り広げるギャグの応酬。
悩める人も、悩みのない人も、真っ白な気持ちで戸渡阿見ワールドに身を委ねてみてください。
きっと幸せな気持ちになれることでしょう。

『ある愛のかたち』

作●戸渡阿見　絵●いとうのぶや
B5変型判・上製本／本文36ページ　　定価：1,050円

太陽がまぶしい。そこで部屋に戻り、トイレに行った。
まぶしかった太陽を思い浮かべていると、ツルツルと気持ち良くうんこが出た。卵を産んだ雌ジャケの周りを、雄ジャケが泳いで白い液をかけるように、黄色いオシッコがあとを追って勢い良く出た。そこから、愛の物語が始まった——。
戸渡阿見が紡ぎ出す、崇高な愛の物語。